DE CORSE
LES
CHANTS

Vincent Thierry

Éditeur Patinet Thierri

Harmonia Universum
Harmonia Universum
La Création en Action ®

ISBN 978-2-87782-616-7 (3e Édition)

ISBN 978-2-87782-607-5 (2er édition)
ISBN 978-2-87782-258-9 (1er édition numérique)

ISBN 2-87782-246-X (1er édition)

Éditeur : © Patinet Thierri

ISBN 978-2-87782-616-7

DE CORSE
LES
CHANTS

Pour ANGIE FILIPPI

DE CORSE
LES
CHANTS

Le Vieux fusil

C'était un vieux fusil
Par une nuit sans lune
Porté en sarabande
Dans le plus grand silence

Le jour était venu
De la chasse à l'affût
Équipés, ils étaient partis
Rejoindre le maquis

Canard, bécasse, sanglier
Combien en avait-il tué ?
Toujours par milliers
Sans jamais se lasser !

Au souffle du vent
Dans l'azur du temps
Toujours en arrêt
Sur la cible en apprêt !

La nuit était tombée
La source claire s'était tue
Attendant l'éclair des nuées
Pour enchanter la venue !

Ils étaient là mâles grognant
Femelle et marcassins
Dans le sous-bois attisant
Les rites de la faim !

Et nos chasseurs en joie
De voir la curée
Déjà en fête de l'émoi
Visant chacun émerveillé !

Lorsque tout à coup, usé,
Dans le tonnerre et le fracas,
Si servant et fatigué
Le vieux fusil explosa !

Adieu chasse et gibier !
Adieu volatils et sangliers !
Ce jour le vieux fusil
Venait de rendre Vie !

Pays de nos mémoires

Les pluies qui dorent ces rivages
Sont l'Or des hymnes sauvages
Qui font le cœur de nos Chants
Dans l'ambre cil de nos instants

Pays de nos mémoires
Pays de notre Histoire
Aux marches de l'ivoire
Qui règne notre Gloire !

Ces instants de vie qui fuient
Là-bas sur les cimes de nos vies
Dans le grenier des armes de la nuit
Qui parlent de nos saisons enfuies

Lointaines et témoignées
De mille voix déployées
Pour clamer et enchanter
Notre source bien aimée

Soleil ardent des fauves sans errance
Nos plaines et nos cimes sont instances
Des vives eaux de la mer Antique
Légion des flots qui viennent magnifiques

Pays de nos mémoires
Pays de notre Histoire
Aux marches de l'ivoire
Qui règne notre Gloire !

Le cœur de nos citadelles en nos espoirs
Que l'avenir enfante d'une victoire
Lors que la nue baigne ces cils de rêves
Et que les flammes lentement s'élèvent

Lointaines et témoignées
De mille voix déployées
Pour clamer et enchanter
Notre source bien aimée

Pays de nos mémoires
Pays de notre Histoire
Aux marches de l'ivoire
Qui règne notre Gloire !

De jade l'île parfumée

Cil d'un matin d'été
De Jade l'Île parfumée
Présence de splendeur
S'évoque de senteurs

Moisson des corps
Des liesses de l'Esprit
Aux marches encore
Qui acclimatent nos vies

Bruyères, acacias, chênes
Des hêtres par la vigne
Serment éclos sans chaînes
Du rubis suave et digne

Parcours de saisons
Aux stances à l'unisson
En farandoles déployant
Les nuages bleus en chants

Ici, là, aux collines vespérales
Côtoyant sans escales
La mer divine et claire
Opacifiée du rêve qui espère

Alors qu'au zénith se dresse
Magique essor en tresse
Le feu de la joie solaire
Immense plénitude de l'Éther

Et que nos Chant à l'unisson
Dans les liens fraternels
Se composent dans une union
Dont le sacre est Éternel

Chant de l'Île diaphane
Au marbre élancé du jade
Qu'irise la pluie de gemmes
Des âmes qui nous enseignent

Hier, demain, toujours
Dans la pluviosité des jours
Prêtresse de grand renom
Dont nous couronnons le front

Venus des âges de la nue

Venus des âges de la nue
Aux songes advenus
Nous partions d'ivresse
Le flot plein d'allégresse

Levant de l'oriflamme
Notre Nef fière étrave
La mer de nos rivages
Au souffle ardent et sage

Clameur de notre Race
Tandis qu'au large de l'espace
Nos pas foulaient des rives nouvelles
Continents de sentes anciennes

Portant nos cœurs palpitants
L'Orient comme l'Occident
Rencontre de nos serments
D'éclore le pur firmament

Celui de nos racines écloses
Qui jamais ne seront closes
Par la tyrannie ou l'abondance
De rêves sans résonances

Où nous irons fraternels
La conquête éternelle
De la Voie de la Liberté
Notre Chant tant aimé

Nef de cristal aux puisatiers
Évanescents de nos sentiers
Les splendeurs de nos ramures
Qui inondent le soir de nos azurs

Libres, forts et fiers du Chant
De nos stances au firmament
Qui résonneront dans les cieux
Afin d'engendrer le merveilleux

Essor de nos sites que nul fracas
De l'humain ne détruira
Tant d'éclipses par les temps vécus
Des règnes en séjours déchus !

Ses yeux de braise

Ses yeux de braise sont des talismans
Que mon cœur palpite d'un serment
Son sourire est univers de mes chants
Que ma voix dévoile au firmament

Elle est degré de la flamboyance
Étreinte de la Déité de la beauté
Miroir des vagues en partance
Qui parlent secrètes son Éternité

Et son Amour si rare, inépuisable
Féerie des vagues affables
Me vient en corps merveilleux
Le don du règne de ses yeux

Renouvelés aux forces de la Pluie
Dans l'enivrant parfum de nos nuits
Corolles déployées des âges de la Vie
Qui vont en hymnes la parousie

D’une Île sous le vent, par le Chant
Toujours exquise et gracieuse au Levant
Front des rives de l’Or du Couchant
Que festifs dansent les pleurs du vent

Amour de mon Amour en éternité
De rives en rives effeuillées
Toujours sera parure pureté
De nos stances émerveillées

En tes yeux, en ton sourire
Incarnats de tous mes dires
Afin d'enchanter mes songes
Dont l'univers décrira le monde

De tes yeux, de ton sourire
Dans l'incarnat de nos rires
Afin de naître et d'ouvrir
Nos règnes aux soupirs

Enchantement des rives adulées
De nos étreintes enfantées
Qui viendront notre Avenir
Enamoure de ton Devenir

De villes basses aux montagnes dorées
S'enchante le cœur des prairies oubliées
Fantômes des vagues des blés
Mûries hier dans un soleil déployé

De hanse l'écheveau des paniers d'osier
Qui sommeillent la grange décharnée
Coulis de l'ombre et de fresques noires
Que notre Chant demeure de l'histoire

Mais reviendra la course des saisons
Lorsque enfin d'un chœur à l'unisson
Nos mains prendront le sens de la Vie
Pour ensemencer une pluie d'harmonie

Par nos villages minuscules et pentus
Loin de nos villes en semis advenus
Pour naître du soleil l'éclair vermeil
De la beauté des règnes en éveil

Nos règnes en nos demeures
Où nul ne pourra dire que se meurent
La Beauté, la quiétude, et la grandeur
Des Âges éclos d'ivre malheur

Où nul ne viendra se désaltérer
Sans comprendre qu'ici la Liberté
Frappe de son Chant d'Éternité
Le droit de vivre et de créer

Le droit à nos racines de s'éclore
Dans l'Île de nos essors
L'Île de nos joies enfantées
Que nul ne pourra destituer

Ramures enfantées et enchantées
Des moissons qui viendront exfolier
Le cœur de ces mille cités
Qui croient que nous avons oublié

Oublié la Vie, la Joie, la Beauté,
Nos hymnes en veillées,
Nos chœurs palpitants nos Âges
De vivants qui nous dévisagent

D'acacia le cil des fougères
S'en vient la horde des hères
En nos chemins de romarin
Clameur d'un noble essaim

Sentes de lac prairial
D'eaux enlacées impériales
Les rues de nos mystères
Frondaisons d'un univers

Où ruisselle un soleil divin
Clameur du ciel azuréen
Danse faune des abeilles
Qui butinent d'ors le miel

De ruches amazones livrées
Cimes de nos destinées
Éclairs nuptiaux de rosée
En majesté délivrée

Fête source d'ambroisie
Effeuillée de lyre nuit
Pour paraître du sérail
La noblesse d'un détail

Dans l'orbe du séjour
L'œuvre qu'énamoure
La vie en puissance
Qui anime tous les sens

Enseigne la vigueur
Témoigne de la splendeur
Assigne toute ardeur
Aux stances d'une clameur

D'amour toujours éployé
La tendresse libérée
D'un Peuple magnifié
Qui enfante la Beauté

Parfois dans la colère, la rage
Mais jamais sans courage
Sait venir de l'horizon sauvage
Le Temple des Sages

Éveille-toi de bon matin
Car il sera long le chemin
Qui nous mène sinueux
En montagne vers le lieu

De nos amours bienheureux
Là, ici, en passant au milieu
Des vaches, chèvres et brebis
Toutes en sources de la Vie

Fourrage et pâturage
Dans la forêt sauvage
Au cœur des fougères
Dans les écrins du lierre

D'un pas vierge aux pierres
Qui ruissellent l'or et le fer
Des cieux qui embaument
Le romarin et la mauve

Avance sans te retarder
Fier et libre d'aimer
L'ardeur du paysage
Qui enchante ton visage

D'un pas sûr vers l'Univers
Des lacs et des sources mères
Qui nourrissent nos chairs
Pavois de nos mystères

Allons sans perdre un instant
Sous le soleil au firmament
Délivrer nos joies d'aimer
Si même de nos efforts épuisés

Car en cime nous verrons l'écrin
De cristal de notre Île d'airain
Levant ses oriflammes d'or
Pour saluer le chant de nos corps

Enchantement de nos sens
Aux rivages effeuillés de l'instance
Qui sacrera notre Atour
De son merveilleux Amour

Et nous irons nos orées, nos sous-bois
Nos antiques demeures sans voie
Pour porter nouvelle de nos joies
Accueillantes et sublimes de mille voix

Enfantant le fruit, élan et de nos cœurs
Épousant la Nature par-delà ses peurs
Ses terreurs, ses hymnes rapaces
Qui étreignent les plus dures carapaces

Porteurs de vastes fresques adulées
De celles qui enchantent éveillés
Les arbres millénaires aux cimes noyées
De nuageuses compassions émerveillées

Allant, de-ci de-là, porte de la Beauté
De ces ramifications magnifiées
Qui parlent de nos fleuves égayés
Qui vont stances les ondes déployées

Porteurs de nouvelles, allons ce Chant
Ce chant de la Liberté par ce temps
De fermes en fermes, de sites en sites,
Courant l'ardeur qui nous invite

Vive haleine aux automnales fraîcheurs
Sillons des âmes unies d'heures
En heures dans le flot de la renaissance
Qui parle de l'ivoire de nos stances

Acclamés, adulés, aux forces attroupées
Regardant de-ci de-là monter la fierté
Dans les regards des prairies traversées
Des villages et cimes enfin animés

Du Cœur de notre Cœur enseigné,
Qu'il n'est plus beau que la Liberté,
Notre flamme tant aimée
Dont nous témoignons l'azur énamouré

Ici, là, joie de nos visages qui viennent
Vos voix sans voix qui nous enseignent
Le plaisir de renaître sans lacune
La Splendeur d'un monde d'écume !

Liberté chérie en ses flots d'or bercée
Nous y viendrons dans la Beauté
Ce moment rare de l'Éternité
Qui veille notre avenir éclairé

Liberté de nos joies éphémères
Qui furent splendeurs de nos terres
Reviendront ce cil de nos chairs
Dont parlent nos voix sans mystère

Et nous irons en son sein cette pureté
Flamboyant le sang de notre fraternité
Ce jour vivant qui veille la réalité
Et non ce monde sans vie et anémié

Notre foi et notre Chant fers de lance
De nos galions et esquifs, par la danse
De nos ajours, marches de nos assauts
Qui iront toutes vagues sans défauts

Afin d'apporter cette pure lumière
Qui ce jour tarie, dans la misère
Des Âges qui nous sont sources de nuit
Que nous rendrons denses de la Vie

Nous y viendrons unis dans l'amitié
Marcherons à la rencontre de la Liberté
Qui nous rendra la pure prospérité
De nos Âges et de nos Chants animés

Au cœur de notre terre, notre Île
Tant aimée, fertile d'une idylle
Que nul ne pourra détruire sinon
Se détruire lui-même en son limon

Nous y viendrons Chant de l'Unité
Qui frappera enseignement de la Liberté
Le devenir de toutes nos sœurs et frères
Qui iront semences de nos lumières

Pour renaître de leurs cendres les terres
Altières, fécondées de nos Peuples fiers
Qui toujours sauront vivre ou mourir
Afin de voir leur Liberté resplendir !

Table

DE CORSE LES CHANTS

À Bravone Corse
19/09/2008
Royan
2018
Vincent Thierry

GÉNÉSIAQUE

Le journal d'un Aventurier

PRAIRIAL

Le Chant du Poète

De Jeunesse

Les Continents oubliés

Vents du présent

ÉCRITS DU VENT

Écrins

De Marche Humaine

L'Indivisible

Military Story and new world

HÉROÏQUES

Mutation Terrestre

Lettres à l'Amour

Les Cantiques

D'Olympe le Chant d'Or

NATURAE

Fresques d'Amour

Le Verger d'Amour

L'Interdit

Mélodie d'Amour

FENAISONS

Améthystes

Océaniques

À la recherche de l'Absolu

Voyages

HORIZONS

Ivoire

D'Histoires nouvelles

D'Orbes

Stances

SOLSTICE

Idées

Âme Française

Expressions

Solstice

D'UNIVERS

D'Iris

Démiurgique

D'Azur

Flamboyant

REGARDS

D'un Ode Vif

D'une Gerbe de Soleil

Du Songe

Du Savoir sans Oubli

Que l'Onde en son Respire

Que l'Or Solaire

Qu'azur le Cristal

Du Souffle Vivant

De l'Harmonie

ISTAÏL

Cygne Étincelant

Âme de plus pure Joie

D'un Âge d'Or Renouveau

Par le Ciel Symbolique

De l'Être Universel

Règne d'Or Liquide

De toute Luminosité

TEMPOREL

Les Sortilèges de l'Enfance

ALPHA

De l'Azur Souverain

Ivoire de l'Éden

L'Orbe Cristallin

De l'Aigle Impérial

OMÉGA

Dans la Demeure des Dieux

Le Chant du Cygne

D'Oriflamme Souverain

Le Chœur Magnifié

FRESQUES

D'or et de Pourpre

Dans la Luminosité du Verbe

L'Azur du Cristal

Qu'Enamoure l'Éternité

COSMOS

Cosmographies

Delta du Cygne

La Légende de l'Espace

Infinitude

ESPACE

Au Cœur de Terre

DES AIGLES

DES AIGLES EN CITE

La Citadelle de Marbre

Le Labyrinthe Équinoxial

La Spirale de l'Éveil

La Forge de l'Épée

L'UNIVERS TEMPLIER

Le Corps du Vivant

L'Esprit du Règne

Âme du Déploiement

L'Unité Harmonieuse

L'AIRE IMPÉRIALE

Le Parvis de Cristal

Les Marches du Trône

La Nef du Pouvoir

Le Chœur des Sages

HARMONIA UNIVERSUM

Harmonia Universum

ABSOLU

Théorie Générale de l'Universalité

NIDS

Nid de faucons

Nid de vautours

Nid de scorpions

Nid d'Aigles

COMBATS

Ordre Mondial contre nouvel ordre mondial

La Voie Templière

Contraction Temporelle

Ondine

UNIVERSUM

Universum I

Universum II

Universum III

Universum IV

Universum V

Universum VI

Universum VII

Universum VIII

Universum IX

Universum X

MULTIMÉDIA

UNIVERS

(Shows artistiques informatiques – CD/DVD)

1992-2018 : Univers I à XXXIII

2007 : Univers Film IDDN.FR.010.0109063.000.R.P.2007.035.40100

ÎLES

(Films CD-DVD)

Est Ouest

Atlantis

Fragments

Rêve Corse

MUSIQUE

(CD-DVD)

Émotion

Mystica

COMPILATION

ŒUVRES 2008

(CD)

Œuvres Poétiques

Œuvres Romanesques, Nouvelles

Œuvres Élégiaque, Chants

Œuvres Théâtrale

Œuvres de Science-fiction

Œuvres Philosophiques, pamphlets

Œuvres Métapolitique

Œuvres Complètes

OASIS

Thélème ou l'ambre de Vie

Essors

Lanzarote Élégies

De Corse les Chants

PROFESSIONNEL

(Base de données DVD)

Assurance Dommages

SITE INTERNET

http://harmonia-universum.com

Éditeur Patinet Thierri
http://harmonia-universum.com

Harmonia Universum
Harmonia Universum
La Création en Action ®

Impression
http://www.lulu.com

www.ingramcontent.com/pod-product-compliance
Lightning Source LLC
Chambersburg PA
CBHW041351010726
47507CB00002B/127
9782877826167